夜ノ果てのひらにのせ

Ura Kanako
浦歌無子

弦書房

詩集　夜ノ果てのひらにのせ　☽　目次

装幀・装画・写真……毛利一枝

夜ノ果てのひらにのせ

ほんとうに死んでしまったのか
どうして死んだのか
そこでなにが起こったのか
あるいはなにが起こらなかったのか
わたしはこの難題に乗りださなければならなかった

第一夜

ギギの出現

水で満たされたクーラーボックスから
ほんの少し顔をだして
「ギギ」だと名乗った
重い扉を開けるときに響くこの音を気に入っていると言った
いつも冷たいからだをしているこの子が
どうやら唯一の相棒らしい
真っ黒の目でわたしを見つめ
捜索の手始めは海岸からと

ギギは指示し水の底に消えたので
ギギの棲む冷や冷やした密室を片手に初冬の海へ向かった

かじかむ指で海辺に転がる貝殻を耳にあてる
ちいさい頃に聴いた海の響きとは違う音がする
それは
「さみしい」
と言いつづけることにあきあきした少女が
世界中を吸いこもうとしている音だった

「ミナルハ」
クーラーボックスの透き間から
ギギの呪文がこぼれてきて
海がぶわりと大きく波打つ

第二夜

ミズカキクダサイ

指と指のあいだから水がもれてきて
水のような砂がこぼれてきて
だから水掻きが欲しいってあんなにお願いしたのに
このままだと砂に埋もれてしまうよわたし今
この通りすがりの部屋のなかで折り曲げられ
ずっとなりたかった恰好をしている
おかしなカタチにうっとりしながら
ずっとずっとずっと昔のことを思いだしている

生まれるまえまるくてちいさな部屋のなかで
もう一人の女の子となわとびをして遊んでいた頃のこと
あの子がぴょんぴょんとなわをとぶたびに
手に持っている割れた鏡が
さみさみと発光する部屋の天井に
きらきら舞いあがり
そのカケラが目のなかに入ってくる
ぴょんぴょんってとぶたびにざりざりって
ぴょんぴょんぴょんざりざりざり
わたしの目はざりざりのきらきらで
涙はでなかった
ただ紅い目をしたままとびつづけた
最初から気持ちいいくらい世界はこなごなだったから今
わたしは新月のようにうらがえしにされサミシヌマに沈

んでゆくけれどダイジョウブダイジョウブだけれど指と
指のあいだから水がもれてきて水のような砂がこぼれて
きて浴室には雨が降る雨は思い出に糸のように巻き取ら
れかたかた雨を巻き取りつづける思い出は熱をおび上昇
し火花を散らし燃えはじめ煙とともに灰が降り世界を埋
めつくしその紅い世界でわたしのつづきが繰り広げられ
るだろうそのときわたしはそこにいないからダイジョウ
ブダイジョウブだけれどこのままだと砂に埋もれてしま
うよわたし今この浴槽でうらがえしのまま紅い目のまま
でもダイジョウブわたしはあの子を待っていればいい
あの子はここに来るまえに
わたしに結びつくすべての紙を文字を破り捨ててくれる
ここに着いたらわたしの送受信機を浴槽に沈める
あの子の指水に埋もれるわたしの耳砂に広がる黒い髪

「すべて世はこともなし。
　どこにもどこにもつながらなくて安心だね」

指と指のあいだから水がもれてきて
水のような砂がこぼれてきて
「大漁大漁今日は大漁」
扉の向こうでは魚売り
「魚はいらんかね」
おばあさん、ミズカキは売っていませんか
指と指のあいだからもれてしまうんです
水が砂が
こぼれてしまうんです
とりかえしのつかない

ワタシ
アノコは
誰かの名まえを何度も何度も何度も呼んだ
でももうそこにはいなかった
とっくの昔に部屋をでて行って
夕暮れの街を歩きながら今晩は何を食べようかと考えていた
あの子の名まえを何度も何度も何度も呼んだ
浴室では雨が降るばかりだった
ミズカキクダサイ
ミズカキクダサイ
ミズカキクダサイ
ミズカキなんか売っていない
ありったけの魚を買って誰かを追いかける
コトコト煮込んで美味しいブイヤベースをつくるから

今晩は魚にすればいい
魚をぜんぶ鍋に入れても海の匂いが漂っていると思ったら
鍋から砂があふれてきて
足さきから埋め尽くされてゆく

第三夜

キリキリ姉妹

そのままゆでると足がバラバラになっちゃうよ
だから殺してからゆでなさいと
魚売りのおばあさんに言われました
殺し方は簡単です
キリで甲羅の真ん中のところ
ほら、このちょうど中心をヒトツキするんです
わたしたちは一仕事するときいつもするように
レコードに針を落としました

そしてキリキリ姉妹キリキリ姉妹と笑いあいながら
カニにつぎつぎにキリを刺し込みました
思ったよりも手ごたえなく刺さるので
カニを入れていた発泡スチロールの箱まで貫通して
テーブルが水浸しになった
ヘンデルのハープ協奏曲から
モーツァルトのきらきら星変奏曲へ
わたしたちはずいぶんとはしゃいでいたから
近づいてくる重たい足音が
まったく聞こえませんでした
ビゼーのメヌ…ット
そのときなにが起こったのか
フォ　レのシシ…エ　ヌ
ぜんぜんわからなかった

バッ…の平…律ク　ヴィ　ア曲　第…巻　一…
真ん中を
…　ォルザー…のユ　レ…ク
いつヒトツキされたのでしょう
べー　ヴェ…の
　光
キリであけられたあなのなかに音楽が流れ込んでくる
シ　ー　ンの…蝶
こんなに優しい曲ばかりそそがれたら
消えたくなります
消えたくなります
　ョパンの
とぎ……ぎれの
雨だれが

キリを光らせる
ギギが呼んでいる
ギギだけがいつまでもわたしを呼ぶ
まるで海鳴りのように
消えたり現れたりする
見えたり見えなくなったりする
あの子の赤いワンピースとかわいいミツアミ
カニの足のカタチは
ギギのどこかの骨に似ているような気がしたけれど
とうとう思いだせなかった
わたしはわたしがわたしであることを
一度も目撃しないまま
闇に閉ざされました

第四夜

そして突然
耳小骨の昏い果て
閉ざされた聞こえない
ここは
砂
の箱の
なか
聞こえない

ハルナミノナミ

聞こえるのはからだの真ん中に向かって落ちてゆく砂の音だけ
聞こえない
砂でできたわたしには

わたしは殺された
誰にも気づかれないところで
気づかれないうちに

破波のハナミのハハナミの
ハナルミのナミのナルミの
ナナミミの水の午後からやってきました
波こわれます
飲めません
飲みこめません

うごくことできません
かろうじて指がうごきます
指がうごくのは幸せなことです

ぬるむ泥にまみれるひざこぞう舐めて
うとうとと待つ
ひざこぞうは貝殻の味

ハルのハナのハルナミの
ミナミのナミのハルミミの
波こわれますました
誰にも気づかられないときらで
きづかるれないうつなに

「ギギ、手をにぎっていて」

夜のふちにそって滑り落ちる鱗
ギギが目を覚まし
月夜に鈴なりの散弾が咲きはじめる
海があける
きっと今夜

第五夜

ユスラウメ

滲みゆく夢のなか
激しく水を打つものがある

ほくろの位置が一緒
あれはあなたの右腕

誰かの腕をつかんで
高いところにある真っ赤なユスラウメを「とって」と

いつかあなたはねだった
その人は無理だよって笑ってとりあってくれなかった
そうだよね無理だよねってそんな気が
そんな気がしたのを覚えているでしょう
無理だよねって無理だよねって笑いながら
あなたの右腕はそのときちぎれたそのときちぎれた右腕が
どこかで激しく水を打っている

遠い右腕がずっと水を打っているせいで
全身はいつも冷たい
ここは夜
右腕だけが火のように熱い火のように熱い右腕に
ギギがハルナミをさしだし
てのひらににぎらせる

鍵のかかった海図
燃えているのは
ばらいろの傷
一羽の百舌
毀れた水

あなたの水の終焉が
真っ赤な声でうたいます
にぎりしめた右手のなかから聞こえてくる
トクトクという音をメトロノームがわりに

燃えているのは
香る渦

合図

鈴

爆発はもうすぐ

第六夜

燃える骨

飛び散ったわたしは
ばらばらになったわたしは
あたたかい

ばらばらのわたしをつつみこむ
赤い炎黄色い炎白い炎青い炎
ときどきパチンとなにかがはじける音がする
どこよりも鮮やかに燃えているのは

右腕の橈骨と尺骨
わたしの骨がこんなに透明な
光を放って燃えるとは思わなかった
深く深く終わりのない明るさで燃えている

（ウレシイ）

わたしの右腕の骨には
雨の森でパッヘルベルを
聴きつづけるようなヒビが
数えきれないほど入っていたから
あんなにまぶしい炎をだして燃えるのだと
ギギが教えてくれた

今夜は月食
決壊のふちにあらわれたギギは
ぎざぎざと炎をかみちぎる
よるよみのケモノ
あかがねいろの月のした
ギギがわたしを産む
今日がわたしの誕生日になる
誕生日にはいいことがある
そうきっと
願い事が叶うはず

あたたかい
わたしたちの灰
ひらひらと空高く舞うわたしたちの灰

強く強く願う
わたしたちの灰よ
鳥になれ

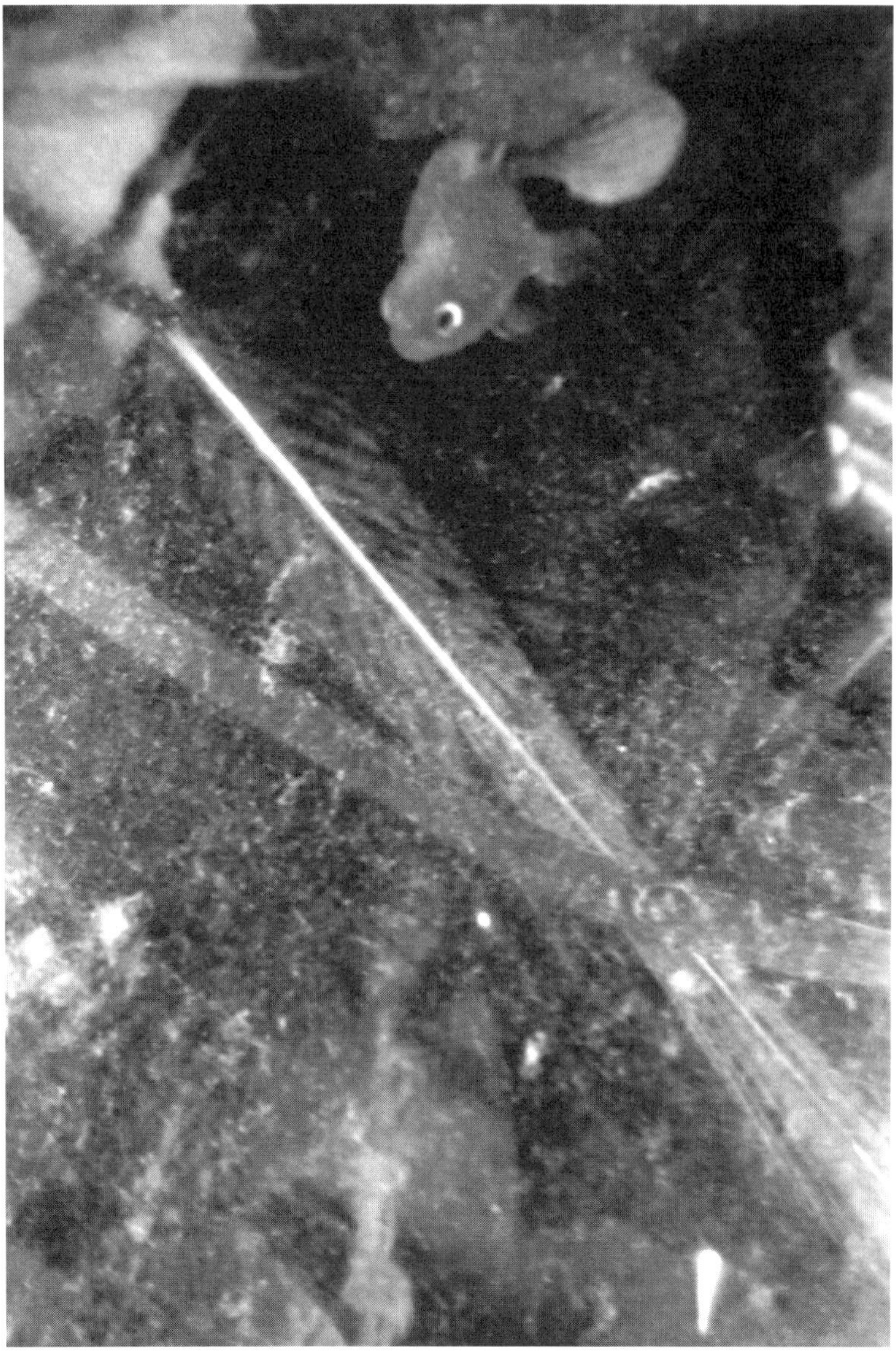

第七夜

メロンソーダ

キリであけられたあなから
ボレロが野ばらが冬がラ・カンパネラが
トロイメライが運命がグノシェンヌが月の光が
でていかないので詩集を読む
指しかうごかせない
唯一うごく指でページをめくって

それは女の子が涙を流すかわりに目に入った文字を読みつづける詩で

わたしたちはこの詩を何回だって読んでる
女の子はサイゴに浴室で指さきから溶けてゆく
溶けても溶けてもまた生まれる
きっとこの詩のなかの女の子が炭酸を飲んでばかりいるから
いつもいつもメロンソーダを飲みたくなるわたしたちになったのです

（からだの真ん中に向かって落ちてゆく砂が
サリサリとわたしたちのうちがわを削る）

そっとそっと
指しからうごかしちゃいけないの
すこしでもこの場所からうごいたら
この夜からはみだしたら
きっともっとずっとわるいことがおきるから

ぜったいぜったい
　うごかしちゃいけないの

メロンソーダを飲みましょう
パチパチはじける泡が
舌にひろがり喉をとおって食道をとおって
砂をおおいつくすから

わたしたちはもうミズカキをほしがったりしなくていい

第八夜

フジツボのようにびっしりと
砂の音が貼りついていてとれないので
耳を捨てに行く
耳捨てに
行きます泣いて夜の川に泣いて
わたしたちは砂まみれだから
砂の入った大きなズダ袋だから
耳捨てに

行きます夜中の二時頃から耳捨てに
ギギから手渡された小箱には
ほそく光る銀いろがぎっしりつまっている

夜ノ果てのひらにのせ
よもつひらさかしんしん
とやみをこぼしながらち
かづいてくるあなたがこ
わいばらいろのかがやく
きずにかこまれてわたし
にげない夜のよるべない
よりいとのような果てよ

真夜中の自動販売機の灯りに照らされる
わたしたちの青白い顔
人しれず水膜におおわれてゆく
わたしたちの眼球
夜ってずいぶん濡れているものなのね
ねえこれってきっとほんとうなんかじゃないよね
だから大丈夫
大丈夫だから
つじつまをあわせるために
どうか針千本飲んでください

第九夜

古い学校の横を流れる細い川に
あの子の耳が浮んでいる
月の光を浴びて
ゆらゆら揺れながら運ばれてゆくあの子の耳は
どんどんどんどん透きとおって
もう誰にも見つけることができない
鍵のかかった海図のような
とても平和なあの子の耳

誰かに愛されたこともある
きれいなかたちだと言われたこともある
あの子のちいさな耳
ときどき魚につつかれるので
あちこちにばらいろの傷ができた

あの子の耳は濡れている
川の透き間を夜の透き間を骨の透き間を五月の透き間を
とおりすぎるものを聴いている
毀れた砂のように
透き間の透き間に学校の鐘の音が響く
夜中の三時なのに？
前にもあったよ

あのときは夜の十時五十五分だった。夜中の十二時五十五分のときもあったよね。誰かのいたずらなんじゃない？　プールに沈んだあの子の？　かわいいあの子の？　もしそうだとしたらあたしさみしい。あたしもさみしい。あたしだってさみしい。さみしくて耳がもげそう。とっくにもげてるじゃない。そうだった。ふふ。ああいやだ、いまここにパガニーニが聴こえてきたりしたら頭が痺れたようになって、また消えたくなっちゃうんだろうな。あなたってそればっかり。あなただってそうじゃない。そうよそうよ。わたしたちいつだってそうじゃない。もっとずっとちいさかった頃も、みずたまのおばあさんだった頃だって。風が強くなってきたね。鉄線がさわいでる。さあ帰りましょう。わたしたちの耳ならもう心配いらない。ほら一羽の百舌が飛んできた。どの声も忘れた鳴かない百舌がわたしたちの耳にそっとよりそってくれる。

半分に割れた月の明るい夜だった
わたしたちの耳は渇いていた
毀れた水のように
耳は
川の流れにのってすこしずつ海に向かい
ある夜
ギギの呪文に辿り着く

第十夜

針を飲む
一本二本三本四本…
そのたびに口のなかにクレマチスの花が咲く
一輪二輪三輪四輪…

口のなかいっぱいに香る渦が
合図となって記憶をよびさます

クレマチス

（指さきの感覚はとっくになかった
（みずうみはつめたかった
（髪にさしたヘアピンが落ちたのが最初だった
（沈んでゆく…
（ほんとうに一瞬のこと…なにかが失われてゆくことは
（沈んでゆく…
（見えません…
（ボディーノットファウンド

とぎ　れ　た
とつぜんと　ぎ　れ　て

（鈴の音

（遠くから

（鈴の音

（いいえこれはギギの声

（ミ

（ナ

（ル

（ハ

（カクセイ

（ここは？

闇のなかで水の音がする
蛇口からしたたる水の
ずぶ濡れのからだが痛い
皮膚に触れる滑らかなほうろう
ここは
浴室
浴槽に横たわるわたし
前にもこんなふうに
水で満たされたことがある
真っ黒に向かって手を伸ばす
前にもこんなふうに
暗闇へ手を伸ばしたことがある
誰かに向かって
ひどく懐かしい

湧きあがるくるおしさに全身を支配される
規則的な水の音が時を告げている
浴室の扉を開ける
あのときサイゴに聴いたのは
オールからしたたる水の
行かなきゃ
風につながれる冷たい小指
行くべき彼方へ向かって腕が伸び
わたしのからだをいそがせる
口のなかをクレマチスでいっぱいにしたまま
どうしても行かなきゃ
街から街を駆け抜けてあの人のところへ
鼓膜につけられた水の痕
湖の底で生まれる沫のように

一瞬の永遠の記憶
今日恋は叶えられる
今日わたしは

湖に
湖に

沈められて

わたしは
死ぬ

(髪にさしたヘアピンが落ちたのが最初だった

第十一夜

カラスと老婆

月曜日、メロンソーダを買いに行く途中の道で、暗く湿った井戸を見つける。

火曜日、暗く湿った井戸のなかに小石を落としつづけている。強く投げつけたり、静かに落としたりしてみるけれど、ただ冷たい音がするだけで、どれくらい深いのか、水は張っているのか、底のようすはなにもわからない。

水曜日、ぱらぱらと落ちてくる小石が全身に当たる。

木曜日、小石はやんだ。かわりに砂が降りそそぐ。

金曜日、砂だけが降りそそぐ井戸の底。わたしはここで背泳ぎをしている。眼球は砂に覆われて、砂の記憶に閉じ込められている。土曜日、こんなに寒いのだから、井戸の外で誰かが魚売りのまねをしていてくれればいいのにと思う。日曜日、「カラスはいらんかね」と魚売りではなくカラス売りの老婆がやってくる。左目に眼帯をしている。

「どちらからいらしたのですか」
「森だよ」
「左目はどうされたのですか」
「カラスにくれてやった」
「なぜ」
「かつて愛された場所を持っているのは苦痛だからだ」
「カラスはどこにいるの」

「ここさ」と老婆は自分の頭を指さす
「一羽いただけますか」
わたしの言葉にかぶさるように
老婆のくろぐろとした髪の毛が
ばさばさと音をたて浮きあがったかと思ったら
ぐるぐると絡まりあい
みるみるうちに一羽のカラスが出現した
黒いクチバシで毛づくろいをすませると
その羽根よりもずっと黒い目でわたしを見つめる
ギギによく似た新月の夜のような真っ黒の目で

「かわりにわたしの左目を」
言い終わらないうちにカラスが
わたしの左目にクチバシを刺し込んだ

老婆はわたしの左目をちいさな箱にしまい眼帯をはずすと
左目に埋め込まれていた綺麗なガラス玉を取りだした
そのガラス玉をわたしの左目に埋め込むと
ふんっと鼻で笑いながら
「おまえだったんだな」
と言って立ち去っていった

第十二夜

これは幻想なんかではない

「お嬢さんおはいんなさい」
眠りのわっかにはいりながら
教室の一番うしろの席で
カーテンのはためきと呼吸をあわせる
ゆっくり慎重に

円の面積Sイコール πカケル半径rのジジョウ

目覚めたときにかなしみが
戦いでいませんように
それはまるで
海の釦をはずすような
蛇イチゴに咬まれたような

円すいの側面積S'イコール母線の長さlカケル底面の円の半径rカケルπ

遠い席から紙切れがまわってくる
幾重にも折りたたまれた手紙をあけると
ミツアミの字で
　　殺してはダメ
　　憎しみは
　　生けどりにしなくては

窓際の席でミツアミがこちらをふりむき
机の上のハルナミを右手でそっとにぎりしめている

弧の長さＬイコール２πカケル半径ｒカケル三百六十分の中心角α

ノアザミを摘んできたの。
あけてみて。
ウソよ、だって筆箱カタカタ言ってる。
ほんとはなにがはいってるの？
教えてほしい？
あなたが殺してきたものよ。

ミツアミがゆっくりてのひらをひらく
ハルナミはもういない

なくしたものの名まえをしらない
だから
火を放つのは唯一の魅力的なやりかた

球の体積Vイコール三分の四カケルπカケル半径rのサンジョウ

蓋をあける
とつぜんの燃える森
ときどきパチンとなにかがはじける音がする
鮮やかに燃えているのは
円　円すい　円周率
透明な光を放って
カケル　底面　弧　r　α　球

深く深く終わりのない明るさで
三分の四　イコール　ジジョウ
これは幻想なんかではない
これはなににも似ていない
だからたどり着く方法がわからない
とりあえずすべて咲いてから考えればいい
いまはただ世界のつぎめで
ただただひどく眠くて
足が床から浮きあがりそう
ミツアミの鉛筆を削る音が
遠くからぼんやりと聞こえてくる
靴紐はミツアミが結んでくれたから
ふたりのあみこみはえいえんだから
起きたとたんにかなしみが戦いだりしないから

カラスが森から飛びたつ
「お嬢さんおはいんなさい」
鉛筆がカタンと音をたてて床に落ちた
ミツアミはもういない

第十三夜

ひとつのきょうふからのがれるために
ただひとつのことばをみつけようと
鉛筆を削っています
おはよう明るい水

（となりで眠るあなたの呼吸を
確かめたいだけだったのに

手紙を書きます
郵便配達人は森の奥へと分け入ってゆきます
手紙が届きます
手紙が届きません

（真夜中あなたの胸のあたりは暗く沈み
からだの奥の奥へ向かって
ぽっかりあながあいているようなのです

するとわたしたちは分裂して
ハルナミがいる世界と
ハルナミがいない世界に分かれました

（なにも見えない真っ黒に向かって指を伸ばす

〝おはよう〟〝明るい水〟と書きます
明るい水はすうっと蒸発しもうあとかたもありません
カーテンが揺れている
雨あがったね
だけど水がしたたる音が耳から離れない

（思いきって手首まで
さらに腕を
すうっと吸い込まれてゆきます

いいえ、それは砂

（すうっとすべてが吸い込まれてゆきそうです

ネムリのもとはケムリで
だから燃えるのは当然だった

（揺るぎなくひろがる闇に
ミズウミという言葉や
キイチゴという言葉や
ブローチという言葉を
ちぎってはほおりこみ
ちぎってはほおりこみました

あかつきにあの子がちいさな声で歌うのを聴いた
　たすけにたすけにいかなくちゃ
　はるなみのいないわたしたちを

つながるつながるつながるの
はるなみのいないせかいのわたしたちと

（するとそれは濃い闇にぷかぷか浮かび
ちかちかとまたたきはじめました

鉛筆を削っています
鉛筆を削っています

（エンピツ　ミカヅキ　カイガラ　クチヅケ

イツカゼンブナクナッテシマウカラ
シヌホドイッショウケンメイケズラナキャワタシタチ
イツカゼンブナクナッテシマウカラワタシタチ

シヌホドイッショウケンメイ

（キリキズ　ミツアミ　トウメイ　ナワトビ

郵便屋さんの落としもの
ひろってあげましょ、お手紙を
いちまい、にまい、さんまい、よんまい…

（オリガミ　ハチミツ　レコード　アサヤケ

おはよう
明るい水

水たまりに映るわたしたちごと空を掬う

第十四夜

群青色を夢のなかに忘れてきてしまったので
ここはこんなに白いのです
白い白い夜です

「古いレコードのパチパチいう音が
雨の音みたいだから
好きなんだ」

外は
切り傷のように明るく
水たまりは凍りつづけ
電信柱は消えつづける

あの子のしんぞうに触れている
この髪の先端は
まだあの子と出会うまえのもの

「ラルゴを聴いて…ると
必ずとちゅう…雨…降るんだ
ほらね、ここ……、こ…」

とぎれた音は別の世界に吸い込まれつづけている

聴こえない音は連れてくる
「どこへいく?」とつぶやいたときに
息がくもる季節になったことを知る冬の朝や
紅すぎる空に髪の毛から足のつまさきまで染まり
誰かの名まえを何度も呼びたくなった夕方を

だけどあの子はなにも思いだせない
わたしたちは最初から失われているから
あんしんして
白い夜に攫われる
幼なじみの打ち明け話を聴くときのように
ほほえみを浮かべたまま

浴室でわたしの髪を編むあの子の肺は

わたしが忘れてきた
群青色で満たされて
おもてでは
水たまりは凍りつづけ
電信柱は消えつづける

「針は傷痕が残らないようにそっと置いて」

わたしたちは
もう
ただいま
まぶたのうらで
白い夜が
ぱちんとはじけて

第十五夜

いつも通る道の踏んではいけない場所を
きっと踏んでしまったのです
正しい本数の彼岸花を摘んでも
服をうらがえしに着てみても
青い折り紙で星を十五個折っても
もうおそい
なにもかもおそい
もうなにをやってももとどおりにはなりません

思い出が血しぶきをあげて
シャラシャラと
それはそれは美しい音をたてて
ひとつふたつと
剝がれ落ちてゆきます
窓から灯りが剝がれてゆくように

剝がれ落ちた思い出を数えます
真夜中に街灯の光を数えるみたいに
すこしうわのそらで
数えるそばから風にさらわれ
音も消えてゆき
慣れ親しんだメロディも
もう思いだすことができません

古い学校の鐘の音が
夜の空気を震わせます
真夜中の鐘はお弔いの鐘

ギギのクーラーボックスのなかには
透明な糸が入っています
わたしたちみんな
小指と小指を結びつけて繋がって
一列になって先をいそぎます
したたるものはしたたるままに
じわじわと
ワンピースの胸元はばらいろです
糸をそれぞれの針にとおし

吹き寄せられた記憶を
すれちがう人の水底に
そっと縫いつける

ゆらゆらころがってるのは、ユスラウメ？
これはたぶん雨だれね、滲んでてよく聴こえないけど
この円すい、うちがわが燃えてるみたいな不思議ないろ
ざりざりする、これって詩だったのかな

誰かに託せば
思い出は結晶になって
いつまでも残るから

とこしえの海吐きだした
ひだりみみみぎみみのみ
こみハルナミのさみさみ
燃えゆくギギの舌ひよひ
よ炎をはきつづけますま
す海はぬれつづけおおな
みこなみのわたしたちお
やすみギギのゆめのなか

そしてわたしたちはすべてを忘れる

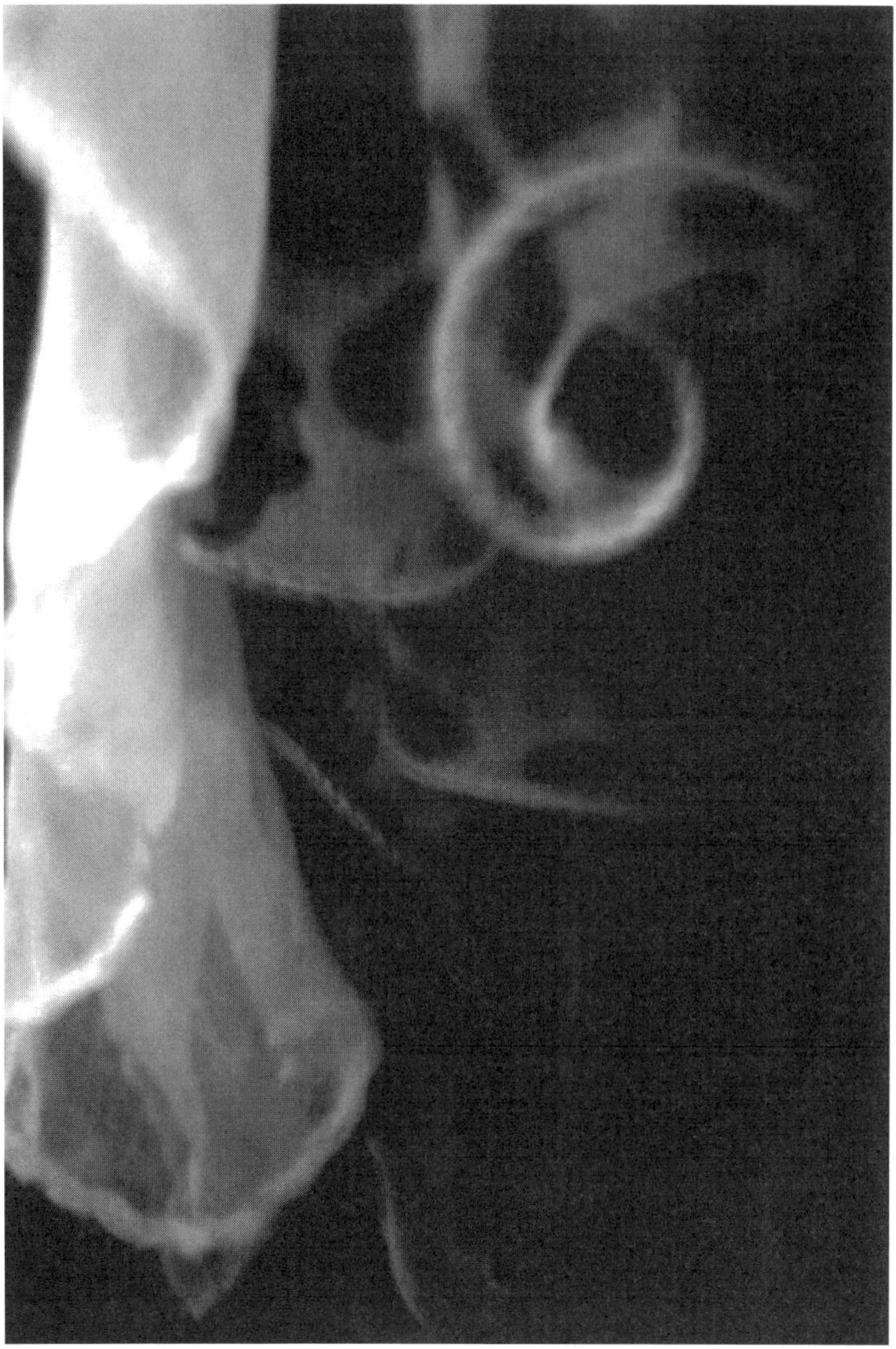

第十六夜

星みたいな空腹を抱えて

わたしはハルナミ回収人になった
引き継いだ過去のハルナミ回収人の
抽斗いっぱいのハルナミとこわれた波の透き間に
ひっそりと横たえる右耳左耳
波に沈みたくさんのハルナミに照らされる
耳のなかのよるよなか
でも
この世でいちばん深い闇は

閉じられた口の内部なのです
耳はつめたいくだもののように
新月を孕み
海を満ち潮にする

第十七夜

黒い羽根

プールの帰りに郵便局に寄り
商店街でブイヤベースの材料を買って家に帰ると
小包が届いていた
ときどき通販で購入する蜂蜜の壜くらいの大きさの
ちいさな箱だった
紐とテープで厳重に梱包された小包を丁寧に開けると
エアーキャップに埋もれるようにガラスケースが現れ
そのなかにパラフィン紙に包まれた黒いものが入っていた

羽根？
いや、耳だ
その日から小包はいくつも届くようになった
錆びついたスプーン　泥まみれの消しゴム　へこんだ鈴
染みのついた布の切れはし　折れた枝　ひびわれた腕時計
タイルの欠片　つぶれた木の実　歪んだ壜のふた
耳は届けられる
何度確かめてもわたしの顔の両サイドには
ちゃんと耳がついているのに
届けられる耳はどれも無傷ではなかった
わたしは送られてくる耳をできるだけきれいにする
お湯で洗い泥や汚れを取りのぞき
太陽にあてて乾かしたり
研磨剤で磨いたり

やわらかいタオルでそっと拭く
それからどの耳も白い夜にくるんで
胸のポケットであたためているとときどき
耳の吸い込んだ言葉が孵るのだった

（時間は水平なので
つねに幸福な自分を更新しなければならないのがツライのです
（道のりなんか考えて前に進んだりはしないできない
（ドウカワスレナイデ
（思いもしなかった指も使わずにほどけるなんて
（たわむれに履いたあの人の靴のさきのあまった空洞に
みずうみがしみてきて溺れてしまったのです
（ワンピースのみずたまがどんどん大きくなってどんどんどんどん大きくなって
（ほんとうは見たいのかもしれない

あの子のしんぞうがぱちんとはじけて
花びらみたいに舞うところを

まるでそれは光のようだったので
わたしはかたく目をつぶる

第十八夜

ししと甘い扁桃腺が
ドロップ型にはれわたり
発語のまえに追いついてしまう
発熱
ふかみどりの午後
子どもは
時間を噛みながら
繭のねむりをねむっている

ねむりは
裏庭の金木犀の匂いを吸いこみ
隣の家から聞こえてくるバイエルの音を吸いこみ
生まれては死につづける風を吸いこみ
しんしんと深くなってゆく
ミルクをかきまぜたスプーンのうえで
蜂蜜が溶けずに残っている

「どうして時計をぜんぶみずうみに沈めてしまうの?」
「見えない指紋がついているからよ」

子どもがもっとちいさい頃にケガをして
かわいいほっぺたのところ

ちょうど右目のしたに入れられたセルロイド
どんなに暑い日も熱が高い日も
そこだけはしんと冷えている
しずかにしずかに冷えている
誰も知らない秘密
知っているのはあなたとわたしだけ
あの子のいつも冷えているほっぺたを思うたび
遠いみずうみのみなもがひっそりと波だつ

「きんいろのあのあたたかいのなんだっけ?」

わたしが答えるまえに
光につらぬかれ
わたしたちの子どもがいま

でていきましたよ

午後二時十分
すべての時計は止まって
空に浮かんでいる

第十九夜

蝶の火柱を見たせいだというものもいたが
空を泳ぐ理由がほしかっただけだった

左目に埋め込まれたガラス玉が
真実を映すが
わたしには決して見えない

だからもう

あ、ら、し、が、く、る

泥にまみれたい
泥にまみれて泳ぎたい
ふくらはぎがそのことをよく知っている

どこかで鐘が鳴っている
散りこぼれる階音を
カラスがクチバシで切り刻んでいる
それは文字のかたち
ギギの目と同じ真っ黒なカラスが
文字を並べてゆく
「あ、る、が、し、ら、く」
「ら、し、る、く、あ、が」
「あ、ら、し、が、く、る」

あかつきづきよに空を撃
ちながら音階はわたしの
底に落ちてゆきますさみ
しい前頭葉がぴかぴかひ
らいてゆきます蛇いちご
もぼたんもべてるぎうす
もあしおともぬばたまも
じくうもかみも噛み砕く

ギギが教えてくれたから
わたしたちは知っている
深い井戸から
真実が生まれることを
だからわたしたちはもう

二度と閉じたりはしない

第二十夜

たくさんの扉／
たくさんの扉を／／叩き／／つづける
／
たくさんの扉／／／を
／／／／／
叩き／／／／
／／／／／つづけて
ひらいた／扉のうちの子どもになった

一二〇二号室から学校に通う
鉛筆の芯は折れてばかりだし
こぼれた海のせいで
しおからいシュガーパンを食べなきゃなんない
つまさきからかすかに暗闇の匂いがしてきて
必死に手を伸ばしたときの気持ちが
きりきりとよみがえるけれど
いつのどこの記憶なのか
ぜんぜん思いだせない

舌に切り傷と思ったら髪の毛を噛んでいた
ミツアミが消えてからというもの
いつもこんな具合だ

ヘアピンもすぐに錆びてしまうし
ついにはノートからも砂がこぼれ落ちるようになって
途方に暮れすぎるので
ミツアミのロッカーを開けてみる
国語便覧　地図帳　リコーダー　体育館シューズ
レインコートの陰にかくれた奥の壁が
ぼんやりと明るんでいる
おそるおそる手をさし入れると
指さきに触れるものがある
ゆっくり引っ張ってみる
ゆらゆら伸びてくる
海岸線だった
わたしはすぐに次になにをすべきかわかった
海岸線の先端をハサミでほんのすこし切り取って

端と端を結び輪っかにした
髪をミツアミに編んで輪っかで結わえる

（お嬢さんおはいんなさい）

ロッカーの奥の闇へとつづく海岸線をつたってゆけばきっと
誰も知らない場所で
今まで一度だって聴いたことのない音をたて
燃えているものの正体がわかる

（大丈夫
こわくないよ
わたしはミツアミ）

「ほら　　あの
　　　ほど　　音
　　　さんざん　　れた　　　　　　　　いの?」

さっきからミツアミのまわりを
まわりながら浮かんでいる衛星は
白くつややかなひとそろいの耳
それは誰の耳?

「ほらだってあの時
靴紐がほどける音で
鼓膜がさんざん毀されたでしょう覚えてないの?」

耳は明滅を繰り返す

現れては消える
階段の踊り場　視聴覚室のカーテンの陰
プールの底　図書室の棚　靴箱の奥
ギギはいる
ギギはいるずっとずっと
夜に雨をかぶせささめきをかさね
ギギは知っている
右耳がかつて海ができあがってゆくときの音を聴いたことを
左耳がやがて進化の果てに生まれてくる鳥のはばたきを聴くことを

（お嬢さんおはいんなさい
　さあどうぞ
いーち、にーい、さーん、しーい、ごーう、ろーく、しーち…）

からだの真ん中を
眠るときの呼吸の速度で
一艘のボートが通過する

第二十一夜

誰？
耳をさわるのは
オールから水がしたたる音
それから
降りそそぐ音
なにかにあたる音
あの子がさしていた傘だろうか
さみさみ降りつづいているのは

砂かもしれない
それとも
こわれた貝殻？
口にふくむ
これは貝殻じゃない
こんなになつかしい味がするのは
あの子の骨
眠ったまま空を泳いでいるあの子の
誰？
耳をさわるのは
優しくなぶる
真っ黒な闇の骨が
どんどんどんどんあふれて
ボートを埋め尽くす

砂時計のガラスのなかにいるみたいに
ほら
沈む
森の匂い
はっきりと
ただよってくるの
火の匂い
森はある
きっと
わたしたちは
そこへ行くことができる

第二十二夜

おちますお
ち　て　ゆき　　　ま　　　す
パーフェクトな
銀と未完の
黒
で
火災報知機が鳴っています
砂が降っているのです

さ
み
さみ
さみ
さ
みさみ
さみさ
み
さみし
さみし
い
い
ってはいけないコト
バ

バイエルを弾いていたあの子はどこへ行ったの？
あらゆる方法を試みたというあの子が
ハサミのハサキでどんなはじめ方を考えていたのか結局わからなかった
ハナビとも手を組んではなばなしくってハナシだったけれど
あの子はどこへ行ったの？
ハルナミを持って逃げました
逃げれば追いかけられるとわかっていたのに
あの子は走った
道の向こうに見えるバスの発着所へ
たくさんの人が待つ発着所のたくさんの人のはざまにまぎれこんで
どんなに人がたくさんたくさんいても
赤いワンピースじゃ目立ってしまうのに
そこはずいぶん古くからある発着所で
海が近いのでなにもかもが錆びついていていて

扉を開け閉めするだけでギイギイととても大きな音が鳴る
扉を開けたままわたしはただただバスを待った
手にハルナミをにぎりしめて
にぎりしめて
あの子は言った
「右腕がちぎれたの」
あの子はどこへ行ったの？
眠ってる？
砂の音が聞こえないくらい深く深く深いところで
あの子はどこへ行ったの？
あの子はきっとチョコレートが温度とセロファンのあいだにはさまれているみたいに
わたしの指と夜のあいだにはさまれているだけだから

さあいらっしゃい
なにを望んでいるか言ってみなさい

あの子の再生

持ち物ぜんぶに名まえを書きなさいあの子の名まえを
鉛筆にヘアピンに靴紐に鏡に小石に
耳に果てに傷に夜にかじかむ指に

あの子の名まえ

そう
その貝殻は

あの子の
ひざこぞう
舐めて待つの
水底がしずかにゆらめき
あの子が戻ってくるのを
戻ってきたら
空を指さして

冬の星座をわたしに教えて

第二十三夜

（舌みせて。
（あ、やっぱり緑いろになってる。
（メロンソーダのせいだね。
（それとも蔓草かも。

放課後の机の上には
ほそく光る銀いろ

（レコードの針、折れちゃったね、わたしたちの音楽が聴けない。
（いいの針は折れても、千本集めるんだから。
（これは針じゃなくてヘアピンよ。このまえ空から降ってきたの。
（わたしには時計の針にみえる。

黒板の上の時計をみあげる

（止まってる？
（針みえる？
（よくみえない。
（西日のせいね。

夕焼けに燃えはじめる教室
熱風に揺れるミツアミ

（ねえもしかしたら…
（そうよきっと今なら効くんじゃない？
（やってみましょう。
（やってみましょう。

ほそく光る銀いろを投げあげる

（ミナルハ。
（ミナルハ。
（ミナルハ。
（ミナルハ。

はらはら／／／雨となって／／降り／そそぐ銀いろを／／

／／／口をあけて／／／　／　　／／／／／　／　　　／／／
／／／／　　　／／／／／／　　／飲みこむ／／　／／
／／／　　／／　　／／／　　　／／／／／／／／　　　／／／

（はるかとおい場所にいるあの子たち
（はるかとおい時間のあの子たちにも
（ひかりを吸いこんだ銀いろが
（しずかにしずかに降ってきますように。

わたしたち
きょうだけはあしたをむかえたい

教室の外で大きな魚がはねて尾びれが窓を叩き
わたしたちはいっせいに笑い声をあげる

第二十四夜

フンヌノ舌サキ

おまえの耳はいま遠い海にいる
耳だけではなく
おまえの舌　てのひら　しんぞう　つまさき
ある日それら残骸が海へ流れついて
おまえはそれを組み立てるだろう
左目を見つけてふくらはぎを見つけて
肺を見つけて右腕を見つけて
おまえに名まえはついていないから

組み立てた新しい残骸を
ためしにハルナミと呼んでみよ

（赤いカーテンが揺れていた
　いいえあれはあの子のワンピースだったのかもしれない）

ハサミをください
ハサミ？
ハルナミ？
ハルナミ、
そのやわらかいところを切り落として

ハンランスルジュウロクブオンプノ
ネッサガウメコマレタサイボウノ
エンテンニノビユクケッカンノ
アマタノムスウノオレンジノ
グワングワントヒビワレタ
ロウトガタノホウシンデ
アオゾラヲタタキワリ
マヒルノクラヤミヲ
ギザギザツラヌキ
タダイッシンニ
コエヲカラシ
ランブスル
フンヌノ
舌サキ

ギギの呪文が
おまえの荒野を折りたたんでゆく

舌は記憶でできている
言葉は記憶でできている
舌をわたしに
そこに宿る力を
今こそわたしに

第二十五夜

わたしの言葉と花びらが

「あれが双子座。
わたしがまだ言葉を知らなかった頃に教えてもらったの」

海岸で空を指さしながら
あの子は言った

「わたしの言葉と花びらが一致する世界ってどこかにあるかしら。
うすく半透明な花びらとわたしの言葉がぴったり重なりあうの」

重力の
え？
重力の音
覚えてる？
うん
百万年前だったかな
それともきのうかも
やっぱり千年後かも
そろそろ行かなくちゃ
水たまりが凍りはじめるまえに
ひさしぶりにやりたかったのに
ぴょんぴょんって？

ぴょんぴょんって
ぴょんぴょんぴょんざりざりざり
ぴょんぴょんぴょん
なんの音？
なわとびとぶ音
ざりざりざり
なんの音？
どこかで鏡が割れた音

手をつないで
みなもを見つめた

こわがらないで

こぼれ落ちる砂に
わたしたちの骨もまじっている

忘れないで
わたしたちはわたしたちを掬うことができる

（またもどってくるここへ）

ミ
ナ
ル
ハ

海がぶわりと大きく波打ち

口のなかにさしこむひとすじのひかりが
言葉を照らしはじめる

【初出】

「第一夜」「第二夜」は『something12』（二〇一〇年）、「第八夜」は『モーアシビ』第30号（二〇一五年）に掲載。「第十二夜」「第十四夜」「第十八夜」は福岡県立美術館「江上茂雄　風ノ影、絵ノ奥ノ光」展（二〇一三年）、「第十三夜」「第十九夜」「第二十夜」の一部は前橋ポエトリー・フェスティバル２０１７「『水』の詩と写真　街なか展覧会」にて発表。本書刊行にあたりそれぞれ加筆修正を行いました。

【著者】

浦　歌無子（うら・かなこ）
福岡市生まれ。著書に『耳のなかの湖』（二〇〇九年、ふらんす堂）『イバラ交』（二〇一三年、思潮社）『深海スピネル』（二〇一五年、私家版）など。

夜ノ果てのひらにのせ

二〇一七年十一月二十五日　発行

著　者　浦《うら》　歌《か》無《な》子《こ》
発行者　小野静男
発行所　株式会社　弦書房
（〒810・0041）
福岡市中央区大名二―二―四三
ELK大名ビル三〇一
電　話　〇九二・七二六・九八八五
FAX　〇九二・七二六・九八八六

印刷・製本　シナノ書籍印刷株式会社

ISBN978-4-86329-160-7　C0092